Universo
Natural

Gardênia Felis de Oliveira

Universo Natural

partners coerência

DIREÇÃO EDITORIAL
Lilian Vaccaro

COORDENAÇÃO EDITORIAL
Bianca Gulim

ASSISTÊNCIA EDITORIAL
Raquel Escobar

PRODUÇÃO GRÁFICA
Giovanna Vaccaro

CAPA
Sarah Libna

DIAGRAMAÇÃO
Michael Vasconcelos

ILUSTRAÇÃO
Matheus Falossi

Dados Internacionais de Catalogação na Publicação (CIP)

Oliveira, Gardênia Felis de
Universo natural / Gardênia Felis de Oliveira – 1ª edição – São Paulo: Coerência, 2023

ISBN: 978-65-89850-65-6

CDD: 869.3

Índices para catálogo sistemático:
1. Ficção brasileira 2. Poesia I. Título

Grupo Editorial coerência | partners coerência

Rua Coronel Leme, 43 | Centro
Bragança Paulista | SP | 12.900-340
www.editoracoerencia.com.br
Tele.: (11) 9.8020-0810

Com o pensamento de que nós, humanos, fazemos parte da natureza,
maior prova é a nossa constituição biológica, que nobreza!

Dedico este livro a todos que compõe este universo baluarte,
que apreciam a natureza e as diversas expressões de arte.

Também dedico a uma jovem flor em especial.
Tem um olhar brilhante e cativante, não é superficial.
Carrega nas palavras a força e a madureza.
Seu sorriso é tomado pela beleza.

Minha filha Yasmin, a flor mais linda do meu jardim.

JARDIM

Rafflésia na entrada do jardim estava a nos impressionar.
Ficamos abismados com a maior flor do mundo,
sua forma, cor e altura nos fazem pensar num segundo
e refletir sobre tantas obras do Criador, é de admirar.

As orquídeas elevam nosso humor e arrancam sorrisos.
Diversos aspectos, espécies, tonalidades e tamanhos.
Amam o sol das manhãs e dispensam muitos banhos.
Ter bom humor e sorrir faz bem para a vida, é preciso.

A rosa está entre as mais populares da esfera,
e a cor vermelha é a clássica flor do amor.
Não é à toa que o pequeno príncipe cuidava de sua flor,
mesmo descobrindo que existiam mais flores na Terra.

Ah, e o que dizer dos majestosos lírios dos campos,
capazes de tirar as nossas grandes ansiedades?
Quando as indevidas preocupações nos invadem,
eles nos ensinam a confiar no Criador, são acalantos.

Existem diversos tipos de flores num jardim,
porém conheço uma muito especial.
Assim como as outras, também é natural.
Tem um agradável aroma, seu nome é Yasmin.

Todas têm valor, não importa o tamanho ou a cor.
Mesmo tendo diferentes aromas e tonalidades,
independentemente da época ou da sua especificidade,
todas as espécies são importantes e precisam de amor.

O sentimento de amor altruísta não é apego,
é liberdade [...] ignorar o outro é um ato de violência.

Maria Dolores Fortes Alves,
Favorecendo a inclusão pelos caminhos do coração.

Num jardim de flores iguais, uma nasce diferente. O medo do olhar dos outros é sentimento universal... Todos gostariam de olhos mansos.

Rubem Alves.

BEIJA-FLOR

No quintal de nossa habitação,
todos os dias temos visitação
de um lindo beija-flor rubi.
Costumam chamá-lo de colibri.

Ele demonstra ser frágil,
mas ele é mesmo ágil.
Tem um papel importante,
é responsável e prestante.

Presta serviço para a natureza.
Transmite tanta pureza,
é um grande polinizador,
vai beijando de flor em flor.

Sua temperatura quente
suga o néctar congruente.
Seu coração acelerado
beijando a flor, deliberado.

É considerado um correio genético.
Chega a ser um majestoso poético.
Quando irradia com suas cores,
ilumina os nossos olhos e as flores.

Seria difícil a existência do beija-flor sem a flor.

Explico: o que é que se encontra no início? O jardim ou o jardineiro? É o jardineiro. Havendo um jardineiro, mais cedo ou mais tarde um jardim aparecerá. Mas, havendo um jardim sem jardineiro, mais cedo ou mais tarde ele desaparecerá. O que é um jardineiro? Uma pessoa cujo pensamento está cheio de jardins. O que faz um jardim são os pensamentos do jardineiro. O que faz um povo são os pensamentos daqueles que o compõem.

Rubem Alves.

HISTÓRIA DO PÁSSARO PRETO

Este poema é real, com apenas uma pitada de imaginação.
Conta a história do pássaro preto do sertão,
que, depois de cantar bastante, deu um voo rasante.
Que tristeza! A tragédia foi horripilante.

Uma manhã de sexta-feira ensolarada, despertei
com um pássaro preto caído na porta, suspirei!
Seu coração batia, mas seu olhar estava parado.
Não sabia o que fazer, ele precisava de cuidado.

Com muita atenção o coloquei em uma caixa furada.
Na seringa coloquei água e dei, senti-me angustiada.
De qualquer jeito, o pássaro eu queria salvar.
Procurei um médico para melhor cuidar.

Com poucas palavras o doutor me respondeu:
à velocidade que vinha, o peitinho bateu.
Foi direto na porta de vidro e estava muito ferido.
O impacto fora forte, não aguentaria, estava exaurido.

Nesse momento senti uma trava na garganta e um aperto.
Olhando para o pássaro, ele afirmou: não teria mais jeito.
E continuou dizendo: seu coração explodiria no peito.
E o voo rasante causara o trágico fim do pássaro preto.

Aquilo que tem valor dinheiro não vai comprar, sentimentos, atitudes, histórias pra se contar.

Todo o resto é passageiro e no dia derradeiro ninguém consegue levar.

Bráulio Bessa.

MILAGRE DA TERRA

A terra tem a capacidade de sustentar a humanidade.
Ela é sinônimo de mãe e compartilha bondade.
O essencial para satisfazer todos os seres, ela provê;
o ser humano, dia após dia, maltrata a terra e não vê.

Há sofrimento por causa da ganância dos homens,
a fama, o poder, o *status*; enfim, o dinheiro os faz reféns.
Um povo que tem valor, a classe de trabalhador,
mesmo sentindo dor, persevera tendo pudor.

Literalmente muita gente dorme sem se alimentar.
Notamos pobreza em todos os aspectos, é de se revoltar.
Seus valores escondidos por trás da resistência
e também camuflados pela grande carência.

Aguardamos ansiosos o dia de todo sofrimento acabar.
Nosso Criador nos promete em breve findar,
e com certeza todos serão vistos com igualdade,
tendo boas condições e supridas as necessidades.

A alegria absurda por excelência é a criação.

Nietzsche

Ergam os olhos para o céu e vejam. Quem criou estas coisas? Foi Aquele que as faz sair como um exército, por número; Ele chama a todas elas por nome. Por causa da sua imensa energia dinâmica e do seu atemorizante poder, não falta nem sequer uma delas.

Isaías 40:26

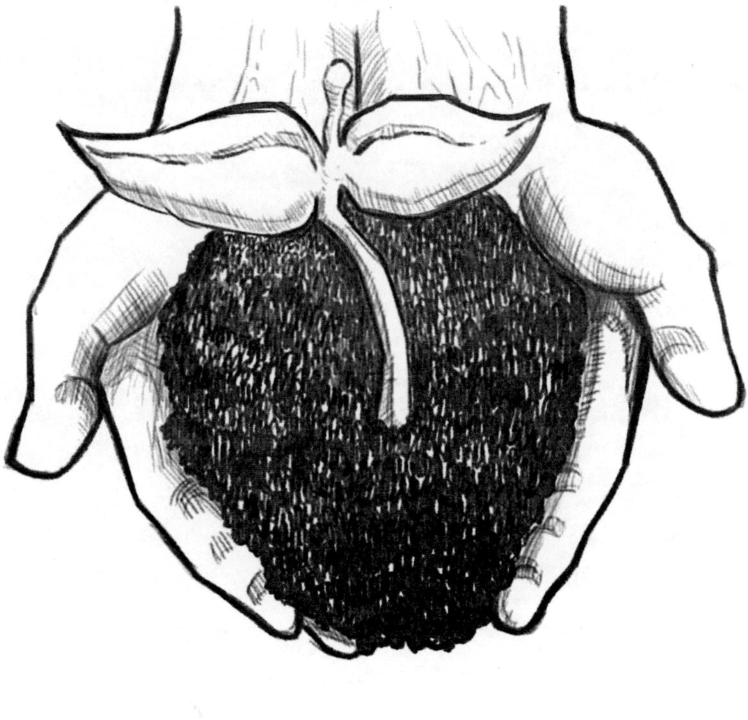

NATUREZA

A natureza alegra nossos olhos com tanta beleza,
montanhas, mares, plantas, animais, a vida natural.
A criação de Jeová é uma arte que nos mostra sua pureza.
Cantos dos pássaros, som das águas, uma perfeição sem igual.

Aprofundando mais nesse lindo substantivo,
há os processos geológicos, matéria, clima e energia.
São muitas características reunidas num organismo
que compõe essa condição excepcional, estudada pela biologia.

O ser humano é integrante de qualidades sensacionais,
uma delas é o poder da magnitude do raciocínio,
ato que leva a alcançar os entendimentos reais.
Que dizer da capacidade de aprender? Um fascínio.

Já os irracionais manifestam comportamento instintivo,
agem por impulso e desenvolvem sentimentos e emoções.
Eles sabem o momento de migrar e proteger, são ativos.
Um animal de estimação fortalece entre os familiares as interações.

Que possamos usar as nossas faculdades de raciocínio
para valorizar e zelar por algo tão precioso que nos foi dado.
Nosso Criador nos presenteou com esse grande domínio;
Deus nos mostra por meio da natureza o quanto somos amados.

Enquanto nós, seres humanos dotados de raciocínio,
não cuidarmos da natureza, ela estará sonhando.

... A natureza, então, tranquilamente, sem pressa,
se curará das feridas que nós lhe causamos.

Rubem Alves, *Quarto de badulaques; O sonho da natureza*.

E VIVA GENTE

Pessoas que passam por nossas vidas
nem sempre são conhecidas
e vão construindo nossas histórias,
dando sentido às nossas trajetórias.

Com cada ser aprendemos uma lição,
sempre levando algo novo para o coração,
seja idoso, adulto, criança ou adolescente.
Tornamo-nos complacentes.

Pelas ruas, no trabalho, na escola, nos hospitais
e até mesmo nas telinhas digitais,
percebemos o outro em nosso contexto,
e assim se dá a construção de um intertexto.

Somos completamente dependentes de muita gente.
Não importa se são divergentes ou intransigentes,
aprendemos e crescemos com todos os tipos de gente.
Desde o princípio todos nós somos dependentes.

Não importa cor, classe social ou nacionalidade,
independentemente do sexo, aparência ou idade,
todos devem ser respeitados e valorizados.
Ninguém deve ser humilhado.

1º Coríntios 13: 1-8 relata características do amor.

... Um mundo menos terrível, menos cruel, podemos esperar uma humanização, podemos humanizar e civilizar nossa Terra. Tudo isso pressupõe, ainda, a religação. Ela é uma necessidade vital para o pensamento, para o desabrochar dos seres humanos, que precisam de amizade e de amor e que, sem isso, definham e se amarguram.

Edgar Morin, 2003.

AMIZADE

É maravilhoso ter amigo verdadeiro,
daqueles que nos impedem de cair no despenhadeiro.
Amizade assim tem mais valor do que um tesouro.
Não há dinheiro que compre, nem prata nem ouro.

Com amigos verdadeiros, partilha-se sentimentos profundos,
e não nos preocupamos nem um pouco com difundo.
É um bom ouvinte e preserva a pura discrição,
tendo o coração cheio de afeição e compreensão.

Para termos uma amizade que germine amor
é necessário ser voluntário e colaborador.
Com pessoas que a amizade é superficial,
não há conversa sobre o emocional.

Como é bom receber encorajamento,
principalmente naqueles dias turbulentos.
Quando temos amigo de verdade,
sentimos paz e tranquilidade.

Em tempos difíceis de aflição,
o verdadeiro amigo se torna um irmão.
Essas expressões foram extraídas
da palavra de Deus, a própria Bíblia.

É bom sentá-lo novamente ao lado
Com olhos que contêm o olhar antigo
Sempre comigo um pouco atribulado
E como sempre singular comigo.

Vinícius de Moraes, *Soneto do amigo*.

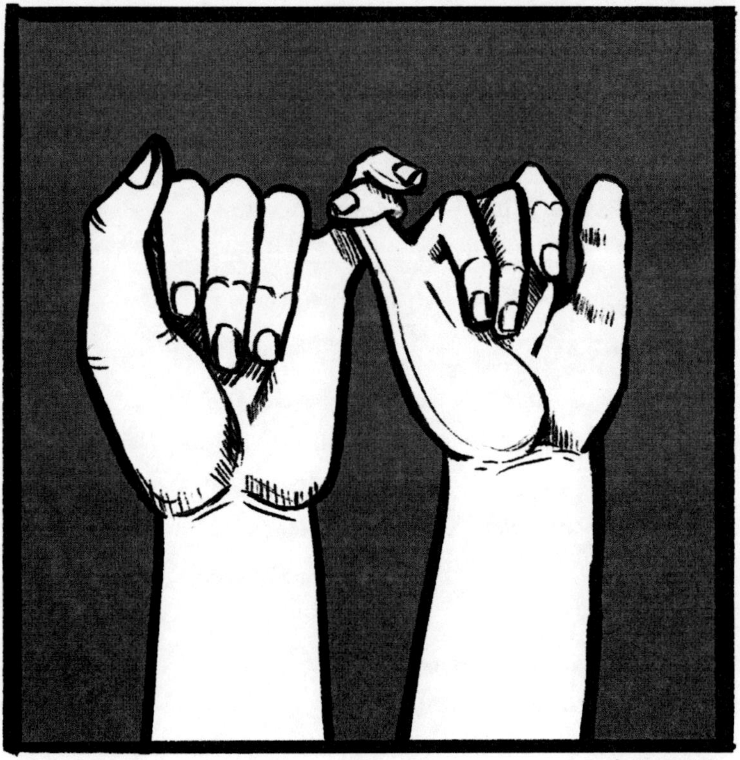

REFLEXÃO

Como é importante refletir sobre nossas relações
com pessoas, animais e meio ambiente;
saber que reação causamos e sermos conscientes.
Podemos ser a cura ou a doença, depende das ações.

A língua é um pequeno órgão com poder imenso.
Se não refreada, é capaz do mal fazer.
O pensamento controla o comportamento do ser.
É importante nos vigiar e manter o bom senso.

Neste mundo inconstante e cheio de incertezas,
razoabilidade e equilíbrio há sempre de defender.
Altruísmo e positivismo é importante manter,
e destreza para evitar causar e sentir tristeza.

É importante falar menos e ouvir com mais sabedoria,
ter um sorriso no rosto para o outro sempre acolher,
compartilhar atitudes positivas e praticar o entender.
Assim, estaremos conquistando relações sadias.

Visando o bem para o nosso meio ambiente
e para todos os integrantes da natureza amável.
Dessa forma podemos alcançar uma vida sustentável,
controlando nossas ações e sendo conscientes.

Não adianta olhar para o céu
com muita fé e pouca luta.
Quando a mente muda, a gente anda pra frente.
E quando a gente manda ninguém manda na gente.
Na mudança de atitude não há mal que não se mude nem doença sem cura.
Na mudança de postura a gente fica mais seguro.
Na mudança do presente a gente molda o futuro.

Gabriel, o Pensador.

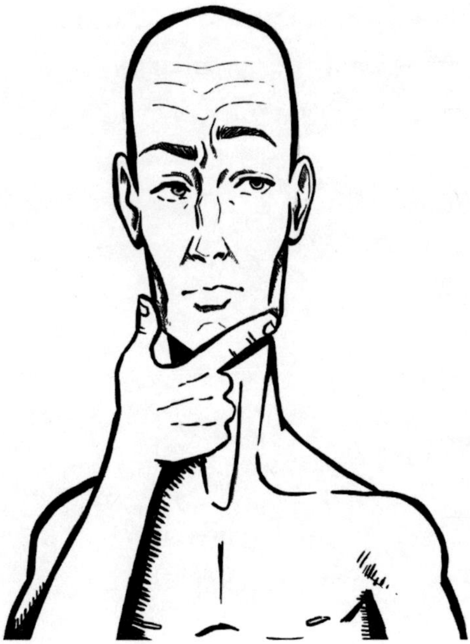

PRECONCEITO

Antecipação de opinião, que fere o coração,
não tem sentido, é algo desfavorável.
A ação de ferir o próximo é lamentável.
Necessitam perceber que a paz está na união.

É importante valorizar a todos sem exceção,
não importa a cor, nacionalidade ou classe social.
Vamos dar as mãos, para que ser parcial?
Rótulos dão margem à discriminação.

Preconceito é uma profunda estupidez
misturada com ódio e violência;
demonstra tamanha displicência.
É o cúmulo da algidez.

Acreditamos que um dia não haverá inimigo,
será extinguido por completo o preconceito
depois que todos entenderem o preceito,
então viveremos em paz num belo paraíso.

Ninguém nasce odiando o outro pela cor de sua pele, ou por sua origem, ou sua religião. Para odiar as pessoas precisam aprender, e se elas aprendem a odiar, podem ser ensinadas a amar.

Nelson Mandela.

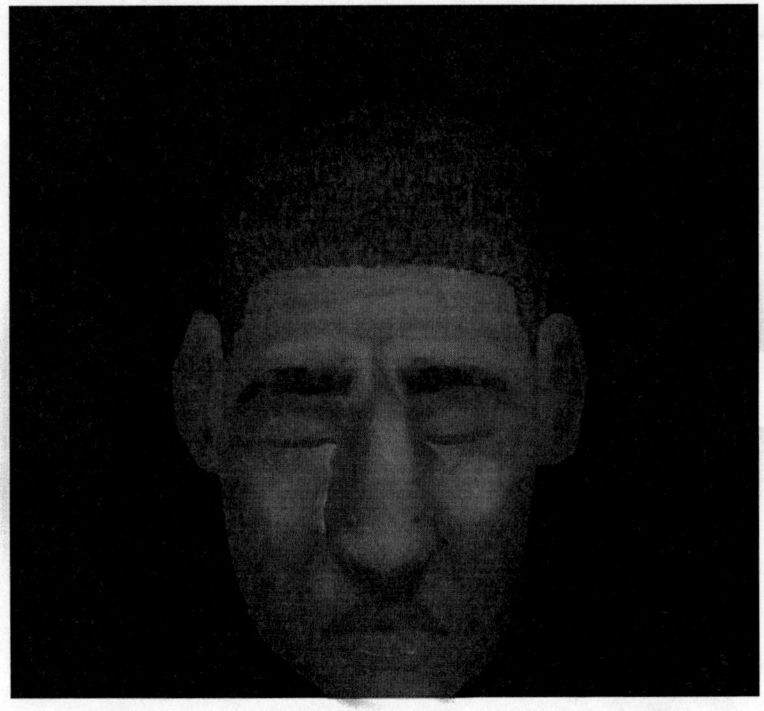

POESIA

Palavra oposta de fria,
rima com cria, nunca vazia,
estimula a imaginação
e tem capacidade de abstração.

Enriquece o vocabulário
do congregado e do solitário.
Faz-nos enxergar a realidade
através da subjetividade.

Desperta muitas interpretações
com base nas reflexões.
Abre janelas de possibilidades,
estimula a criatividade.

Poesia se torna radiante,
manifesta-se mediante
métrica, rima e estética.
Utiliza semântica, sintática e fonética.

Expressa os mais profundos sentimentos;
sai do coração, transcorre os pensamentos.
E a solitária caneta tão solidária
transforma a escrita em arte literária.

O melhor combustível diário é acreditar na alegria.

Há mais felicidade em dar do que em receber.

Atos 20:35, parte B.

... Uma pessoa só é verdadeiramente feliz quando procura irrigar a felicidade dos outros, quando promove seu bem-estar.

Augusto Cury.

FERIDAS

Feridas são interrupções.
Podem ser profundas ou superficiais.
Elas são exposições ou declarações
de consequências que não foram legais.

São representadas por dor, tristeza e lágrimas.
O tempo sempre colabora para as cicatrizações.
Muitas vezes deixam vestígios das lástimas,
que acabam deixando sequelas que se tornam lições.

Temos que ter em mente, não podemos exigir
o que o outro não tem para oferecer.
É importante e se faz necessário emergir
o ato de perceber, compreender e entender.

Quando a ferida é profunda, a dor é intensa,
pode ser provocada por algum trauma.
As dificuldades se tornam propensas
e infelizmente perdemos a calma.

Em alguns casos, proteções são curativos
com intenção de prevenção de infecção.
Também temos os cuidados paliativos,
que são os nossos amigos do coração.

É loucura odiar todas as rosas porque uma te espetou.

Antoine de Saint-Exupéry, *O pequeno príncipe*.

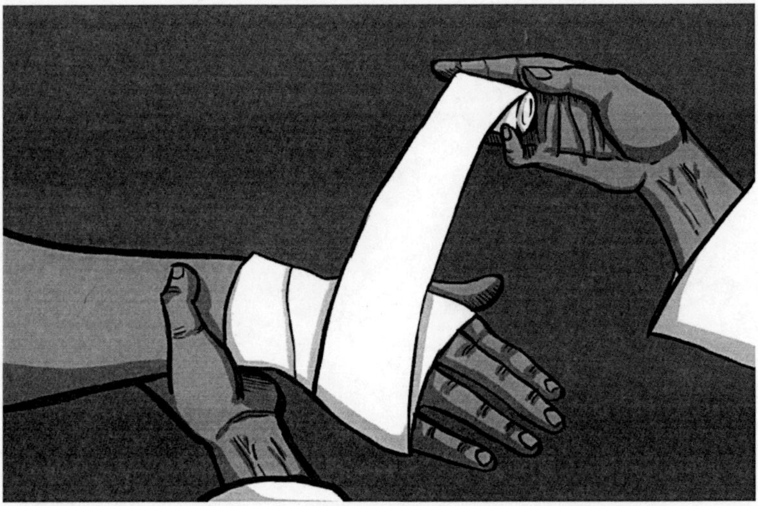

SÚPLICA

Querido Deus Jeová, só o senhor tem o poder
de conhecer o mais íntimo de cada ser,
de saber o que acontece e conhecer os planos
dos corações dos seres humanos.

Peço-lhe: se for do seu agrado, ajude-me.
Dê-me forças para carregar este fardo, escute-me.
Imploro-lhe, não me permita tanta aflição.
Meu pensamento é invadido por preocupação.

Só o senhor pode me acalentar e acalmar,
pois o que sinto não sei classificar.
Estamos vivendo tempos difíceis,
mas, para ti, todas as coisas são possíveis.

Amado Pai, suplico que me oriente.
Confio no seu amor e poder onipotente,
sei que a tristeza e as lágrimas logo findarão,
e, em breve, a paz, amor e alegria reinarão.

Meditando nas palavras de 2º Timóteo 3:1 ao 5, que estamos vivendo tempos críticos e difíceis de suportar, porém tendo em mente a grande esperança que todo o sofrimento vai acabar, descrita em Apocalipse 21:4 e 5. Uma esperança maravilhosa!

A PARTIDA

O quintal de nossa escola
tem um sabor especial de mariola,
um cheiro perfumado de jasmim
e a frescura da hortelã com alecrim.
O que dirá dos sorrisos das crianças,
que nos dão motivos para ter esperanças?

Porém, nesta data nebulosa de hoje,
a alegria do quintal nos foge.
Uma linda árvore: maçã-de-elefante,
muito elegante, que dava frutos abundantes,
cheia de vida, foi tristemente derrubada.
Uma barulhenta motosserra lhe cortava.

Restaram-nos os frutos caídos no chão,
um grande e forte tronco para exposição.
Temos fotos e vídeos de sua linda história,
percorrida por muitos anos no chão da escola.
Ela nos acolhia com sua sombra, fruto e flor.
Sua partida nos causou muita tristeza e dor.

A cada dia que vivo, mais me convenço de que o desperdício da vida está no amor que não damos, nas forças que não usamos, na prudência egoísta que não arrisca e que, esquivando-nos do sofrimento, perdemos também a felicidade. A dor é inevitável. O sofrimento é opcional.

Carlos Drummond de Andrade.

EPITÁFIO

Por favor, não chorem, acreditem.
É apenas um sono que vai mais além...
Os dias passam rápido, logo nos veremos.
E com certeza em um mundo melhor estaremos.

Temos tantas esperanças maravilhosas
de viver em paz, sem ações inescrupulosas.
Um mundo sem guerra nem doenças,
livre de violência e com ausência de desavenças.

O que dizer da morte? Tristeza, choro e dor.
Acredite, não ouviremos nem rumor.
Não mais existirá, Jeová porá fim.
Teremos a verdadeira felicidade enfim.

Todos serão humildes e verdadeiros,
ninguém fará mal para seus companheiros.
O amor e a alegria todos nós teremos,
e numa sociedade justa viveremos.

Por favor, tranquilize seu coração,
deixe de lado a angústia e a aflição.
Converse com Deus, nosso Criador,
que com certeza passará essa dor.

E eu tenho esperança em Deus, esperança que esses homens também têm, de que haverá uma ressurreição tanto de justos como de injustos.

Atos 24:15.

BRINCAR

A época de criança com muito carinho me vejo a recordar.
Tenho vivas as lembranças, como era gostoso brincar;
brincava no quintal de boneca de sabugo de milho.
Ah, elas eram feitas com muito estilo.

Meus amados avós os milhos colhiam.
Demonstravam alegria no que faziam.
Minha avó costurava as roupinhas.
Entregava-me enrolada em fraldinhas.

Da minha infância não me esqueço.
Com gratidão, meus avós eu enalteço.
Tinha uma velha boneca de pano,
trazia-me aconchego para o cotidiano.

Uma lição valiosa aprendi e não vou deslembrar,
ser atenciosa e os brinquedos compartilhar.
Através do brincar desenvolvi criatividade,
aprendi a me comunicar e a ter responsabilidade.

Não importa o brinquedo, bola ou boneca, o importante é brincar.
Por meio do brincar, características egoístas se aprende a eliminar.
De uma forma prazerosa se aprende a experimentar sensações,
desenvolve-se relações sociais e descobre-se novas emoções.

Todas as pessoas grandes foram um dia crianças.
Mas poucas se lembram disso.

Antoine de Saint-Exupéry, *O pequeno príncipe*.

VIDA

Substantivo feminino que representa as ações,
o movimento, a existência e as reações.
Um período entre o nascimento e a morte,
independentemente de ser fraco ou forte.

Sinônimo de vida: alimento, água e ar,
trio indispensável, sem ele nada existirá.
Um presente dado pelo nosso Criador,
que foi fornecido com muito amor.

Viver é aproveitar as oportunidades,
visitar quem ama, matar a saudade.
Viver sem ser ator ou atriz
e esquecer a cicatriz.

É estar nas arquibancadas
torcendo para a alegria ser radicada.
É celebrar os momentos especiais,
sendo gratos, valiosos e imparciais.

Valorizar o que temos e respeitar as partidas.
Infelizmente, faz parte do ciclo da vida.
Ela passa muito rápido, uma brevidade,
porém temos no coração a eternidade.

Reconhecer a interdependência fundamental de todos os fenômenos, e o fato de que, enquanto indivíduos e sociedade, estamos todos encaixados nos processos cíclicos da natureza.

Rosa Viana.

MÃE

Cujo amor não tem limite,
um sentimento de elite,
um ser que gera outro, progenitora.
Será sempre uma eterna protetora.

Sinônimo de amor sem medida,
de amor nunca está desprovida.
O que dizer dos conselhos e compreensão?
Tudo isso transborda o coração.

Abre mãos dos desejos sem pensar.
Da sua boca saem palavras para acalentar.
Tem o amor mais forte que existe,
um amor insustentável que persiste.

Um amor incondicional,
de forma sensacional,
capaz de fazer o impossível.
Uma descrição incrível.

Carrega o mais belo sentimento,
algo extremamente intenso.
Entende a palavra não falada.
Mãe, será sempre amada.

Uma pessoa tão especial que faltam palavras para descrevê-la.
Simplesmente mãe.

SER AVÓ

Ser avó é ser contemplada com o maior presente,
é poder ver e sentir crescer uma linda semente,
acompanhar esse milagre galhardamente.

É poder vivenciar novas gerações,
sentindo imensas e diversas emoções.
É reviver concepções e muitas sensações.

É apreciar o sorriso do neto querido,
demonstrar que sempre será acolhido,
que a ternura e o amor estão garantidos.

Mesmo que a presença seja ausente,
na mente estará sempre presente.
E o coração da vovó estará fluorescente.

Ser avó é tudo isso, é a fala com carinho,
é contar os dias para estar pertinho,
é querer dar muitos cheirinhos e beijinhos.

Na criação dos filhos adquirimos experiência e sabedoria,
que aprimoramos e transmitimos para os netos com alegria.
É importante o amor das três gerações em parceria.

Um presente tão precioso que transformou meu ser.
Pedro Mori Neto, obrigada por sua existência.

O TEMPO E A FOTOGRAFIA

As fotografias nos transmitem informações de passadas gerações.
São registros importantes que nos mostram as evoluções.
Por meio das fotografias, muitas referências são resgatadas,
às vezes esquecidas por estarem guardadas, porém são lembradas...

Recordações de grandes momentos de nossa história:
nascimentos, festas, viagens, fatos de trabalho e escola.
E quando revemos fotos antigas, sentimos o coração acelerar,
notamos que o tempo quer nos atropelar.

Estar reunido é algo muito especial, não importa o lugar nem
o momento.
Importante é registrar todas as oportunidades para não cair
no esquecimento.
As memórias são valiosas para os nossos sentimentos expor.
Tudo o que vivemos é lição de vida, faz bem para se recompor.

As fotografias nos mostram qual olhar não teve mudança
e que o tempo não abalou o amor, ele continua com confiança.
O ato de fotografar reproduz inúmeras situações para alegrar.
Vamos aproveitar para valorizar todas as oportunidades
de fotografar.

Quem é quando criança a natureza nos mistura com suas árvores, com suas águas, com o olho azul do céu. Por tudo isso que eu não gostasse de botar data na existência. Por que o tempo não anda pra trás. Ele só andasse pra trás botando a palavra quando de suporte.

Manoel de Barros, Memórias inventadas, *Tempo*.

COLCHA DE RETALHO

Assim é minha existência,
cheia de persistência,
construída de pequenos retalhos.
Esse é um dos meus trabalhos.

Retalhos florais alegres e divertidos,
singelos, pacatos e muitos sortidos.
Alguns xadrezes complicados;
outros, poás entorpecentes, mas delicados.

Assim é formada minha existência,
diariamente repleta de resiliência,
envolvida nas alegrias, angústias e desilusões.
Nas junções dos retalhos, aparecem as expressões.

Grandes alegrias me fazem viver e florescer,
porém angústias e desilusões me fazem crescer.
Esses sentimentos me ensinam a trilhar novos caminhos,
e, juntando um ponto ao outro, nunca estão sozinhos.

Assim é expressada minha existência,
mostrando na arte toda diligência.
A conclusão é uma linda colcha de retalho
que protege, aquece e tem os fios como orvalho.

Poema inspirado nas criações artísticas de minha cunhada, tia Márcia.

TURISTANDO EM SAMPA

No mundo, é a quarta maior capital.
Na Praça Ramos, um lindo teatro municipal.
Na Avenida Paulista, o incrível MASP, Museu de Artes,
em que às terças-feiras a entrada é grátis.

Por todos os cantos, a cidade expõe a pluralidade,
ao caminhar aos domingos na feira da Liberdade,
ao visitar o Mercado Municipal Paulistano
e saborear o ícone do mercado sem engano.

São Paulo é rica em entretenimento.
Não precisa de muito conhecimento.
Sentir a paz no Parque Ibirapuera.
Dá para passear de inverno à primavera.

O que dizer do Jardim Botânico, muitas atrações:
duas estufas, lagos, jardim dos sentidos, muitas emoções.
Espaço para educação ambiental e sentimental,
uma conexão real com o ambiente natural.

E para finalizar esse passeio maravilhoso,
degustar um cafezinho bem gostoso
na Vila Madalena e na Fradique Coutinho.
Aquece o corpo e também o coraçãozinho.

Poema criado para um casal de amigos que vieram conhecer Sampa.

O HOMEM CONSTRUTOR

Deposita seu tempo, força e energia
na construção de uma confortável habitação.
Levanta as paredes com blocos e sinergia,
usando todos os movimentos e sua compreensão.

Na parte hidráulica, muitas instalações:
descarga, esgoto, torneiras e chuveiro,
sendo possível fazer duas ou três ligações.
Há também os encanamentos que levam ao bueiro.

Mas o encantador é cobrir a construção;
madeiras, telhas, pregos e calhas.
O homem vai cobrindo a casa e buscando instrução,
aplicando metodologias renovadas.

Pensando na economia e no meio ambiente,
usando todos os materiais sustentáveis,
aproveitando a água, sendo consciente,
mostrando a importância de sermos responsáveis.

Seu projeto vai chegando à parte final.
São colocados piso, rodapé, porta e janela,
e fica notável sua realização, é fenomenal.
Seus olhos percorrem tudo com cautela.

E com o passar dos anos percebeu que seu sonho,
que era pequeno, aos poucos se tornou gigante,
e teve sequelas de dores e dias enfadonhos.
Uma construção desafiante, porém brilhante.

Dedico este poema a meu esposo, Marcos, que, com essa construção, demonstrou seu amor e cuidado com a família.

Herói sou eu, é você, é essa gente do bem,
que peleja todo dia para se salvar também.

Bráulio Bessa.

INCERTEZAS E DESALENTOS

Às vezes sinto saudades de mim mesma
em épocas que meu ser se vestia de certeza,
não respirava tantas dúvidas com falta de pureza,
não era tão frágil, tinha companhia da fortaleza.

Sinto-me como se tirassem minha identidade;
deparo-me sem personalidade, que tamanha iniquidade!
Mas como saber? Não há rastro para procurar.
Tento me concentrar para poder me encontrar...

Com o tempo, aproximo-me da esperança,
e perto dela está a alegria e as lembranças,
que começam a preencher aquele espaço vazio.
É incrível, chego a sentir calafrios!

E bem devagarzinho vou juntando,
os pedacinhos de mim vão se ajeitando.
Por fim, encontro-me, vejo-me na alegria
por sentir tamanha calmaria.

Nem sempre é necessário tornar-se forte.
Temos que respirar nossas fraquezas.

Clarice Lispector.

CAFÉ

Surgiu na Etiópia o grão que nos faz despertar.
Nosso paladar é aguçado pelo sabor fascinante,
as narinas captam seu aroma no ar.
Para muitos é um estimulante deslumbrante.

Em 1.727 chega ao Brasil a muda do majestoso café,
trazida pelo Sargento-mor. Ao visitar a Guiana Francesa,
participou de uma missão com muita confiança e fé.
Com as condições climáticas de nosso país, resultou na riqueza.

O café de aroma e sabor comum é o tradicional;
o superior é fenomenal, sabor e aroma acentuado,
gourmet, todos os frutos são de qualidade excepcional.
E, seguindo a escala, temos o especial, que é o mais conceituado.

No Brasil, depois da água, é a segunda bebida mais utilizada
pela manhã, pode ser sozinha ou acompanhada,
não tem especificação;
depois do almoço ou do lanche da tarde, não precisa
ser padronizada.
Mas tomar café e bater papo com amigos enche o coração
de satisfação.

O café é tão grave, tão exclusivista, tão definitivo que não admite acompanhamento sólido. Mas eu o driblo, saboreando, junto com ele, o cheiro das torradas na manteiga que alguém pediu na mesa próxima.

Mário Quintana.

BOAS NOTÍCIAS

Em um mundo tão frio com tanta maldade,
guerras, doenças, crimes e muita crueldade,
sonhamos com a paz, saúde e tranquilidade,
quando a sociedade tenha o fim da desigualdade.

O nosso Criador é tão amoroso e misericordioso
que em breve nos mostrará como é esplendoroso,
o seu poder acabará com tudo que é lastimoso,
e vamos sentir ainda mais o seu amor glorioso.

Ele nos dará um futuro e uma esperança,
e não haverá nenhuma insegurança.
Seu filho, Jesus Cristo, estará na liderança,
porém precisamos ter confiança e perseverança.

Para aguardar esse dia chegar,
não admitir a ansiedade nos afetar,
deixando-nos entristecer, enfraquecer e sobrecarregar.
Não vamos nos distrair, temos que lutar e nos alegrar.

E estas boas novas do Reino serão pregadas em toda a terra habitada, em testemunho a todas as nações, e então virá o fim.

Mateus 24:14.

MEMÓRIAS

Resgatar memórias é mexer com emoções,
é abrir o baú dos sentimentos e sensações.
Lembranças dos cheiros e dos sabores,
das experiências dos amores e desamores...

Recordar é despertar e viver
momentos difíceis de esquecer,
como o céu completamente estrelado,
primeiro bilhete de amor guardado.

Lembrar a letra daquela canção
que tocou o coração.
Pequenos ou grandes momentos
ficaram nos pensamentos.

Quando a recordação é boa,
a saudade aparece à toa,
invade todo o nosso ser
e nos faz dizer: como é bom viver.

Mas a saudade é isto mesmo; é o passar e repassar das memórias antigas.

Machado de Assis, *Dom Casmurro*.

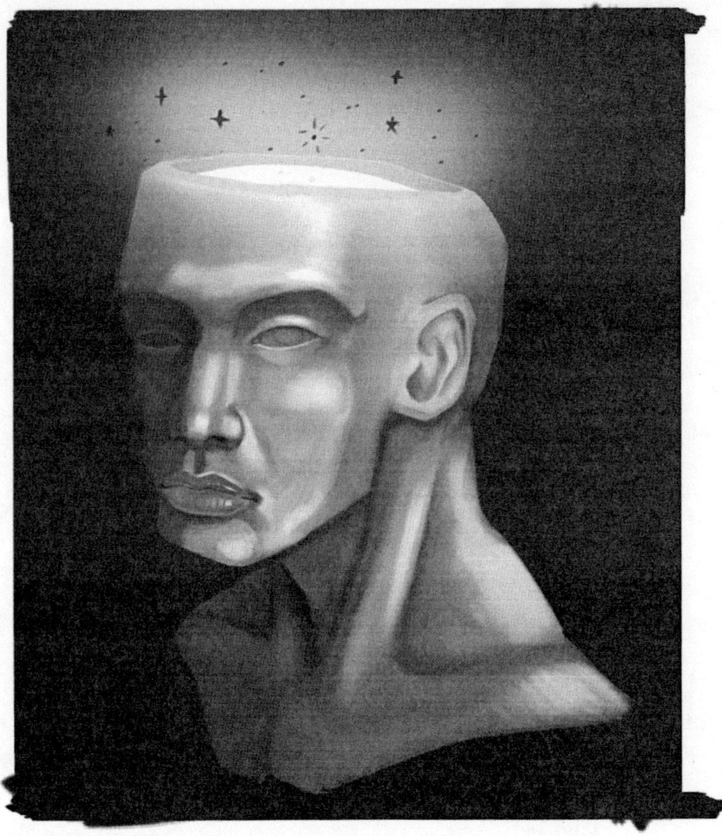

O VÍRUS

Um ser que não conseguimos ver
é capaz de nos prender,
causando-nos tamanho medo.
O antídoto ainda é segredo.

O invisível transforma a nação
com essa triste situação.
Adoece o físico e o emocional,
gerando uma tristeza incondicional.

O isolamento nos causa angústia, ansiedade,
que vêm carregadas de saudade.
Saudade de caminhar em vários espaços
e de dar muitos beijos e abraços.

Aprisionados entre portões, grades e muros,
não nos sentimos completamente seguros,
mas continuaremos com perseverança.
Em breve tudo isso vai acabar, temos esperança.

Poema escrito no auge da pandemia de Covid-19.

... a morte gratuita de pessoas inocentes revela que chegamos ao topo da desvalorização da vida.

Augusto Cury.

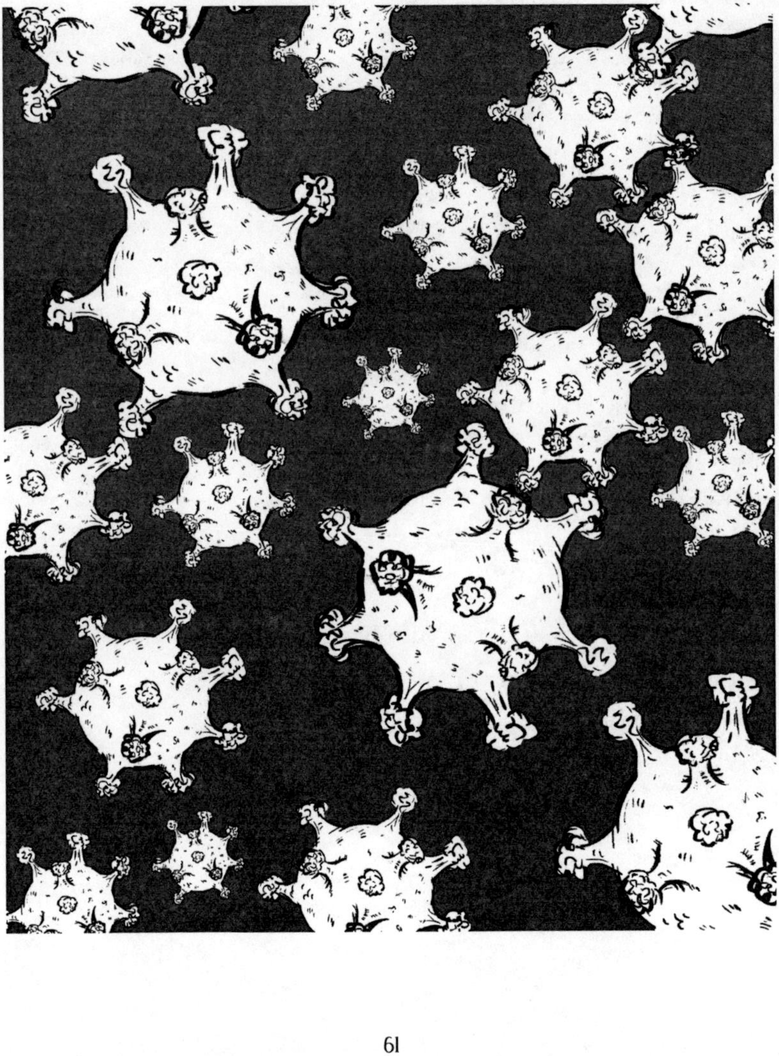

O BARCO

O barco representa viagem, travessia e direção.
Neste momento de pandemia, buscamos proteção.
O barco também significa acolhimento
no meio deste mundo cinzento.

Que o vento possa levar o Covid para o fundo do mar
e que possamos navegar para fora do nosso lar,
ter um compartimento a bordo bem resistente
para carregar bastante combatente.

Que o barco possa representar a nossa liberdade
num futuro próximo cheio de serenidade,
quando todos juntos gritaremos de alegria,
pois venceremos essa tal pandemia.

O barco também demonstra resistência
o suficiente para singrar no mar com diligência.
Que nossa vida seja como uma embarcação,
enfrentando as tempestades com um forte coração.

Acredite no improvável, acredite no impossível, enxergue o que ninguém vê, perceba o imperceptível e enfrente o que, para muitos, parece ser invencível.

Bráulio Bessa.

O MAR

Com a pandemia, vivemos momentos de tristeza, tão sombrios;
até o mar se sente solitário, muito vazio,
sem ter pessoas para admirar e contemplar.
Que a humanidade veja o mar e possa meditar.

Que as pessoas vejam o mar e possam se recordar
dos bons momentos: viajar, pescar, nadar.
Que cada onda represente um novo começo,
dando oportunidade para terem muito apreço.

Que as pessoas vejam o mar e saibam respeitar.
Respeito para a natureza para que possa deleitar
um tempo em que o mar está limpo e transparente.
Contudo, sabemos que é pela ausência de gente.

Que as pessoas vejam o mar e seus habitantes
e reflitam o quanto são para nós importantes.
Nos dão alimentos, lazer, transporte e muito mais.
Que função mais importante, assim como os corais.

Que as pessoas vejam o mar e que todos unidos
reflitam em ações e assegurem ser vencidos.
Como cuidaremos do meio ambiente?
Sendo eficiente e consciente.

Então escrever é o modo de quem tem a palavra como **isca**: a palavra pescando o que não é palavra. Quando essa **não palavra** — a entrelinha — morde a **isca**, alguma coisa se escreveu. Uma vez que se pescou a entrelinha, poder-se-ia com alívio jogar a palavra fora. Mas aí cessa a analogia: a não palavra, ao morder a isca, incorpora-a. O que salva então é escrever distraidamente.

Clarice Lispector, *A legião estrangeira*.

UNIVERSO

Meu universo, meu Deus, meus filhos, meus familiares.
Lar, trabalho, amigos, pessoas que passam em minha vida,
expandindo meu universo; montanhas, céus e mares,
alimentos, plantas, flores, animais, tudo que me faz definida.
É todo esse conjunto de coisas reais existente.

Quando as duas janelinhas do meu rosto se abrem,
podem apreciar as mais belas obras da natureza.
Fechadas são capazes do impossível imaginarem,
avistando no céu pontinhos brilhantes com clareza.
É a soma do real e da imaginação existente.

Em todo o universo, a Terra é uma pontinha.
Ela tem uma localização e também vizinhança.
Nesta vastidão, ela não está sozinha.
Assim como nós, verossimilhança,
é toda essa ligação existente.

A cabeça da gente é uma só, e as coisas que há e que estão para haver são demais de muitas, muito maiores diferentes, e a gente tem de necessitar de aumentar a cabeça, para o total.

Guimarães Rosa.

AGRADECIMENTOS

No princípio Deus criou os céus e a terra.

Gênesis 1:1.

Ao Criador de todas as coisas, Deus Jeová, por ser o meu mentor, dando-me sabedoria para transformar as tristezas e dificuldades em oportunidades.

Esta obra foi composta na fonte ITC Legacy Serif,
tamanho 11 pt, e impresso em papel pólen soft $80g/m^2$.
São Paulo, fevereiro de 2023